AF385113

HISTOIRE
DU DIFFERENT
ENTRE
LES JESUITES
ET
M^R. DE SANTEUL,
AU SUJET
DE L'EPIGRAMME
DE CE POETE
POUR
M. ARNAULD:
CONTENANT

Des Lettres de plusieurs Jesuites, & des
Vers faits de part & d'autre;

*Avec quelques Lettres de M. de Santeul
à M. Arnauld.*

A LIEGE.

M. DC. XCVII.

(2 bis)

AU LECTEUR.

JE vous donne, mon cher Lecteur, un Recœuil qui ne vous fera pas defagréable. Tous les perfonnages qui y paroiffent font d'une fi grande reputation, que cela feul le rend digne de votre curiofité. C'eft un fruit de la mort du Poëte SANTEUL, arrivée au commencement du mois d'Août dernier à Dijon. Ce n'étoit pas là qu'il feroit mort, s'il avoit été ferme dans la refolution qu'il avoit prife de renoncer à la Poëfie profane, & de ne s'occuper que de chofes convenables à fon état. Il n'a pas laiffé d'édifier beaucoup ceux qui ont été témoins de fa mort. Il y a fait paroître, dit-on, une grande foi & une vive efperance en la mifericorde de Dieu. Il y reçut le faint Viatique avec une pieté exemplaire, après avoir fait en prefence de tout le monde une efpece d'amende-honorable. C'étoit un homme d'un caractere fort fingulier ; mais d'ailleurs il avoit un très-bon fond, & de tems en tems fa foi lui faifoit prendre de bonnes refolutions. Il avoit paffé cette année à Port-Royal des Champs l'Octave de la Fête du S. Sacrement, & cinq ou fix femaines avant fa mort il avoit été paffer quelque tems à la Trappe, où peu s'en fallut qu'on ne lui donnât l'habit. Il avoit deffein d'y retourner, & de la

A 2

ma-

maniere qu'il en parloit à ſes amis de S. Victor, il paroiſſoit avoir envie d'y demeurer.
J'ay cru devoir faire part au public de ces
circonſtances édifiantes, en lui donnant une
petite hiſtoire qui ne l'eſt pas tant, & qui
peut neanmoins avoir ſon utilité. Les Billets
qui y ſont inſerés ſont curieux, les Vers qui
les ſuivent ſont de bon gout, & les Lettres
de M. de Santeul à M. Arnauld qu'on y a
jointes, avoient trop de liaiſon avec l'Hiſtoire, pour n'être pas données en même
tems au public avec les deux billets de cet il-
luſtre Docteur. On y verra un caractere de
ſimplicité, de droiture, de candeur, de pieté, qu'on a peine à découvrir dans ceux du
Rhetoricien des Jeſuites. Leurs calomnies contre la foy de M. Arnauld lui ſont devenues ſi
honorables, qu'on ne peut plus s'en plaindre.
Et quant à ce qui eſt dit (pag. 12.) du Livre
*De la Perpetuité &c. Qu'il n'eſt pas tout-à-fait
exemt d'hereſie,* ce n'eſt pas ſur lui que cela
tombe. Car ce Livre étant approuvé par plus
de vint Docteurs de Sorbonne & par vint-ſept
Evêques, dont trois ſont les Eminentiſſimes
Cardinaux d'Eſtrées, le Camus, & de Fourbin-
Janſon, tous trois pleins de vie, auſſi bien
que M. l'Archevêque Duc de Reims & MM.
les Evêques d'Agde, de St. Pons & de Meaux,
c'eſt à ces lumieres de l'Egliſe de France d'en
répondre.

LET-

LETTRES
DES JESUITES
ECRITES A MONSIEUR
DE SANTEUL
DE S. VICTOR,

Au sujet de l'Epigramme sur Monsieur Arnauld.

A mort de M. de Santeul ayant levé l'obstacle qui empéchoit de faire imprimer de son vivant les Lettres que lui ont écrites les principaux des Jesuites au sujet de sa fameuse Epigramme sur M. Arnauld, on a cru ne devoir plus differer de les faire paroître au jour, & de confier ce dépôt à la foi du public, pendant que ceux qui les ont luës, en ont encore la memoire présente, & peuvent servir de témoins irréprochables de la verité de ce fait. On ne croit pas que les Jesuites s'avisent de s'inscrire en faux contre ces Lettres. Cependant si cela arrivoit, le public en sera garand,

A 3

aussi-

auffi-bien que de l'hiftoire des boulets & des pou-
dres de Namur. On a joint à ces Lettres quelques
reflexions pour en faciliter l'intelligence , & pour
donner quelque liaifon au recit de cette petite Hiftoire , qui fans doute ne meriteroit point par elle-
même d'être relevée , fi elle ne fervoit merveilleu-
fement à faire connoître le genie de la Société , qui
ne fait reuffir la plûpart de fes entreprifes, que par des
intrigues fourdes & des refforts cachés , dont on a
grand foin de dérober la connoiffance au public.
On trouvera auffi après ces Lettres un Recœuil des
meilleures piéces de Vers qui ont été faites à l'oc-
cafion de cette difpute.

Tout le monde fçait que Monfieur Arnauld eft
mort dans un pays étranger , & que fon Cœur ayant
été porté à Port-Royal des Champs , M. de Santeul
lui fit pour Epitaphe les Vers fuivants :

AD SANCTAS REDIIT SEDES EJECTUS ET EXUL
HOSTE TRIUMPHATO. TOT TEMPESTATIBUS ACTUS,
HOC PORTU IN PLACIDO , HAC SACRA TELLURE
        QUIESCIT
ARNALDUS , VERI DEFENSOR , ET ARBITER ÆQUI.
ILLIUS OSSA MEMOR SIBI VENDICET EXTERA TELLUS :
HUC CÆLESTIS AMOR RAPIDIS COR TRANSTULIT ALIS,
COR NUNQUAM AVULSUM , NEC AMATIS SEDIBUS
        ABSENS.

En voici la Traduction.

*ARNAULD , cet illuftre Défenfeur de
la Verité & de la faine Morale , qui après
avoir triomphé de fes ennemis , s'étoit lui-même condamné à un exil volontaire , eft enfin
reve-*

revenu dans ces saints lieux. N'avoit-il pas essuyé assez d'orages pour trouver ici, du moins après sa mort, un port & un azyle assuré? Qu'une terre étrangere se vante de posséder ses prétieuses dépouilles : La France a de quoi se consoler. *L'amour divin, dont il brûla toujours pendant sa vie, a pris soin lui-même de transporter ici comme sur des aîles rapides, le Cœur de ce grand Homme; ce Cœur qui ne fut jamais absent, & ne put jamais être arraché de cette chere & sacrée demeure.*

On ne pouvoit rien dire, ce semble, ni de plus modeste pour un aussi grand homme que Monsieur Arnauld, ni qui dût moins choquer les Jesuites: & l'on ne conçoit pas comment ils ont pu se troubler & s'allarmer pour une simple Epigramme.

Cependant ce vaste corps se remua, s'agita, employa l'intrigue & les menaces pour tirer de M. de Santeul un desaveu de cette piece. On chargea de cette commission le P. Jouvency, bon homme d'ailleurs, qui sçait du Grec & du Latin, mais horriblement entêté & prévenu contre ce qu'on appelle Jansenistes, & qui ne cesse de crier dans sa classe contre les Lettres Provinciales, les Ouvrages de M. Nicole, & le Nouveau Testament de Chaalons. Il écrivit donc à M. de Santeul la Lettre suivante.

I. LETTRE DU P. JOUVENCY.

ON m'a dit que vous aviez fait une Epigramme à la louange de M. Arnauld. Je vous ai défendu autant que j'ai

pû.

pû. J'ai dit qu'il n'y avoit point d'appa-
rence que M. de Santeul, sachant bien que
M. Arnauld est mort chef d'un parti decla-
ré contre l'Eglise, étant lui-même Eccle-
siastique, & d'un Ordre dont la doctrine
a toujours été sans reproche, eût voulu
louer & préconiser un heresiarque, reconnu par l'Eglise & la France pour tel ; &
que si le Roi sçavoit cela, il y auroit autre chose à craindre pour l'Autheur de l'E-
loge. Comme je disois bien des choses là
dessus, on m'a montré votre nom à la tête
de cette Epigramme. Je vous avoue que ç'a
été pour moi un coup de foudre. On a
ajouté que vous deviez passer pour un Excommunié, avec qui on ne pouvoit avoir
en conscience aucun commerce, si vous ne
retractiez publiquement cette Epigramme.
J'attens cela de votre pieté. Jouvency.

M. de Santeul saisi de crainte & d'horreur à la
lecture d'une Lettre remplie de menaces si terribles,
& d'emportemens si excessifs, desavoua sur le champ
les Vers en question. Mais le P. Jouvency n'étoit
pas content d'un desaveu verbal. Il en vouloit un
par écrit, & en bonne forme. C'est à quoi il l'ex-
horte dans les deux Lettres suivantes.

II. LETTRE DU P. JOUVENCY.

*Quod Epigramma illud abjures, vehemen-
ter lator. Verùm necesse est ut contrario*
Scripto

Scripto id præstes publicè, ac labem inustam nomi-
ni tuo deleas. Hoc à te probi omnes & ami-
ci tui expectant. Id si feceris, à me laudem,
quam mereris, & responsum expecta. Matu-
rato est opus. Vereor ne quid ex illo Epigram-
mate gravioris mali tibi nec opinanti accidat.
Non frustra loquor.

TRADUCTION.

J'Ai bien de la joie de voir que vous ayez
pris le parti de desavouer l'Epigramme ;
mais il faut que vous rendiez ce desaveu
public par un écrit contraire, si vous vou-
lez entierement rétablir votre reputation.
Tous vos amis, & tous les gens de bien
attendent de vous cette démarche. Si vous
la faites, comtez que je ne manquerai pas
de vous faire la réponse que vous souhaitez, & de vous donner les louanges que
vous aurez meritées. Au reste il n'y a
point de tems à perdre. J'apprehende pour
vous les suites de cette Epigramme, qui
seront d'autant plus fâcheuses, que vous
vous y attendrez le moins. Je ne vous dis
pas ceci en l'air.

III. LETTRE DU P. JOUVENCY.

Q Uam promisi fidem præstabo, sed tuam ex-
pecto. Promisisti Versus illos, quibus te pur-
gares, & significares palàm excidisse tibi fune-

stos Versus, pomum discordiæ, & eos te vel-
le infectos & indictos. An hæc promissa fides
est? Vale, Amice, & bonis omnibus vide ut
facias satis. Tuæ famæ consulo.

TRADUCTION.

JE vous tiendrai la parole que je vous ai donnée; mais j'attens que vous vous acquittiez de la vôtre. Vous m'avez promis que vous feriez des Vers pour vous disculper & dans lesquels vous declareriez publiquement que cette funeste Epigramme, qui fait tant de bruit, & qu'on peut regarder comme une pomme de discorde, vous est malheureusement échappée, & que vous souhaiteriez ne l'avoir point faite & n'y avoir jamais songé. N'est-ce pas là la parole que vous m'avez donnée? Adieu, cher ami: songez à donner à tous les gens-de-bien la satisfaction qu'ils attendent de vous. Je parle pour vos interets & pour votre reputation.

M. de Santeul après avoir nié l'Epigramme pendant deux jours entiers, comme il le reconnoît lui-même dans un memoire qu'il a laissé sur cette dispute, & dont on a en main l'original, revint de sa peur, & les remords de sa conscience l'obligerent d'avouer qu'il en étoit l'Auteur. Mais pour appaiser les Jesuites, qui paroissoient picqués au vif de

cette

cette Epigramme, & fur tout de l'endroit où il eſt dit, que Monſieur Arnauld, après avoir triomphé de ſes ennemis, s'étoit exilé lui-même : *Ejeſtus & exul Hoſte triumphato* ; il adreſſa au P. Jouvency une piece de vers à la louange de la Societé, dans laquelle, ſoit par ironie ou autrement, il dit que les Jeſuites ſont les dépoſitaires de la Verité & de la bonne Morale ; qu'ils ſont deſtinés à prêcher au monde entier l'Evangile dans toute la pureté ; que c'eſt chez eux qu'on puiſe la ſaine doctrine & les bons ſentimens : *Doctrinæ pura fluenta , ſinceri & fontes, Rectique, Bonique, Piique &c.*

Le R. Pere DE LA CHAIZE, à qui le Poëte envoia les Vers avec une Lettre, en parut très-content, & lui fit la Réponſe ſuivante, dont on laiſſe au Lecteur à faire le jugement.

LETTRE DU R. P. DE LA CHAIZE

IL n'eſt pas neceſſaire, Monſieur, que vous demandiez juſtice à perſonne : les beaux Vers que vous me fîtes l'honneur de m'envoyer hier, vous la rendent parfaitement à l'egard des Jeſuites, qui vous doivent mettre au rang de leurs meilleurs amis, comme je fais en mon particulier, & qui par conſequent ne ſçauroient prendre pour eux l'*Hoſte triumphato* de votre Epitaphe. Mais comment défendrez-vous le *Sanctus Arnaldus*, qui eſt mort dans toutes les obſtinations de toutes les erreurs condamnées par l'Egliſe ? *Defenſor veri*, contre les décisions de cette même Eglise, qui a blâmé, condamné sa doctrine de fausseté, & même d'heresie, dont le Livre *De la Perpetuité* n'est pas tout-à-fait exemt; contre les Papes & le Tribunal de la Sacrée Inquisition, qui ont censuré ses Ouvrages, & mis la pluspart de ses Livres dans l'Indice des livres défendus; contre la Sorbonne, qui en blâmant sa doctrine l'a exclus de sa Societé? Je crains fort que pour vous rendre justice sur tous ces points, une palinodie ne soit necessaire. Mais je m'aperçois que vous la faites en partie, en blâmant l'*Arbiter Æqui.* La liberté avec laquelle je vous dis sincérement mon sentiment, est une preuve de la parfaite sincerité avec laquelle je suis, Monsieur, votre très-humble & très-obeïssant serviteur DE LA CHAIZE. 18 Dec. 1695.

Le Pere Jouvency fut aussi d'abord eblouï du pompeux eloge de sa Compagnie : il en marqua sa pensée à l'auteur, & lui en fit ses remercîmens dans la Lettre suivante.

IV. LETTRE DU P. JOUVENCY.

Nunquam scripsisti meliores versus, ita me Deus amet: omnes tibi applaudunt. Quàm facilis vena, quàm copiosa & elegans tua ! Tam citò hac, tam bene scripsisse miror. Malè sit adversariis.   *T R A-*

TRADUCTION.

JAmais vous n'avez fait de meilleurs Vers ; j'en prens Dieu à témoin. Tout le monde les admire & vous applaudit. Quelle facilité ! quelle abondance ! quelle delicateffe ! Je fuis furpris que vous ayez fait une fi excellente piece en fi peu de tems. Que vos ennemis après cela ofent vous attaquer.

Mais bien-tôt après il revint de fon éblouiffement : il reconnut qu'il avoit pris le change ; qu'il ne s'agiffoit pas ici des louanges de la Société ; qu'on ne reprochoit pas à M. de Santeul d'en avoir dit du mal, mais d'avoir dit du bien de Monfieur Arnauld. Il lui declara donc nettement que c'étoit là le point effentiel dont il s'agiffoit, & le crime dont il devoit fe purger. Voici comme il en parle.

V. LETTRE DU P. JOUVENCY.

TUos heri verfus animo revolvebam. Hortor te, ut laudem Societatis noftræ, ob quam te amo plurimùm & amplector, omittas tamen ; eâ enim de re non agitur. Iftas voces impii, ut rectè vocas, Epigrammatis, Hofte triumphato, nemo intelligit accipitque de noftrâ Societate ; fed de Summo Pontifice, Ecclefia, & Clero Gallicano, de quo hic triumphaffe. Arnaldum

fa-

sacrilegus ille Vates prædicat. Vellem te in eo,
si lubet, immorari. Vale, & benè perge.

TRADUCTION.

JE faisois hier reflexion sur vos Vers.
L'eloge magnifique que vous y faites de
notre Societé, me fait beaucoup de plaisir,
& m'inspire pour vous une nouvelle ten-
dresse. Cependant je vous conseille de lais-
ser là les louanges des Jesuites; ce n'est pas
là dequoi il s'agit maintenant. Personne
n'entend & n'interprete de notre Societé
ces paroles de l'Epigramme, que vous avez
raison d'appeller impie, *après avoir triomphé de ses ennemis;* mais on les applique au
Pape, à l'Eglise, au Clergé de France,
dont le Poëte sacrilege dit que M. Arnauld
a triomphé. Voilà surquoy il me semble
que vous devez insister. Adieu: continuez
toujours de bien faire, comme vous avez
commencé.

VI. LETTRE DU P. JOUVENCY.

*NEmo te accusat quòd de nobis malè quid-
quam scripseris, sed quòd Arnaldum lau-
daveris. De hoc uno te purga. Vereor ego ne quis
è tuis versibus suspicetur aliquam inter te nosque
simultatem intercedere, quod est secùs: itàque*

ne illos ede in lucem : nec legi, nec legam. Visne
te purgem de Arnaldo? Nisi id facis per te aut
per alium, credemus à te ipso laudatum fuisse
Arnaldum : & quidam hoc mihi affirmarunt.
Heu !

T R A D U C T I O N.

PErsonne ne vous accuse d'avoir jamais
rien écrit contre notre Societé, mais
bien d'avoir eu la hardiesse de louer M. Arnauld. C'est-là le juste reproche dont vous
avez à vous défendre. J'apprehende que
vos Vers ne fassent croire qu'il y a quelque
division entre vous & nous ; ce qui n'est
point du tout. C'est pourquoi je vous conseille de ne les pas faire imprimer. Je ne
les ai lûs à personne, & ne les lirai point.
Voulez-vous que je me charge du soin de
vous justifier des reproches qu'on vous fait
au sujet de M. Arnauld? Si vous ne le faites pas vous-même, ou que vous n'em-
pruntiez pour cela le secours d'une main
étrangere, nous croirons que c'est vous-
même qui avez loué M. Arnauld : & quelques personnes me l'ont assuré bien positivement. Helas !

Quelque vives que fussent les exhortations du
P. Jouvency, Santeul tenoit toujours bon, & ne
pouvoit se rendre à ses remontrances. Ce bon Pere

de

de son côté ne se rebuta point, & lui écrivit encore deux lettres. Dans la premiere il lui offre charitablement de composer en son nom la retractation des Vers en question, & de prononcer pour lui anathême contre M. Arnaud : dans la seconde il paroît veritablement en colere, & tâche d'intimider ce pauvre Poëte.

VII. LETTRE DU P. JOUVENCY.

Expectant omnes probi dum illum sacrilegum Vatem publico refellas Carmine. Quid moraris? An hærere labem hanc in tuo nomine patieris, teque fautorem, patronum hæresis, imo præconem & buccinatorem appellari? Noli de nostra Societate laudanda esse sollicitus. Hostis ille triumphatus est Rex, Papa, Sorbona &c. Ita omnes interpretantur. Vide quid agas. Vis-ne ut id faciam tuo nomine? Est hoc amici. Sinon je le ferai moi-même. (*C'est la suite de la lettre, dont la fin est en François*) & je ne soufrirai pas qu'on fasse passer mon ami & un homme que j'estime autant que vous, pour un homme sans foi & sans conscience. Voilà comme je m'y prendrai.

Impius, immeritam vano cui Carmine laudem
Affingis, nisi falsa tuum male chartula nomen
(Ut potius reor, & poscat tua gloria) præfert,
Dicetur Veri corruptor, proditor Æqui.

C'est

C'est à dire: l'Impie, à qui dans tes vers menteurs tu donnes des louanges qu'il ne merite point, s'il est vrai que tu en sois l'auteur, & qu'on ne te les ait pas attribués mal à propos, en y mettant le nom de Santeul, comme j'aime mieux le croire pour l'interest de ta reputation; cet Impie, dis-je, sera appellé l'ennemi de la Justice, & le corrupteur de la Verité.

TRADUCTION.

TOus les gens-de-bien attendent avec impatience que vous refutiez par un écrit public ce Poëte sacrilege qui a fait des Vers à la louange de M. Arnauld. Pourquoi tardez-vous si long-tems à le faire? Souffrirez-vous donc que votre nom soit ainsi deshonoré par une action si criminelle, & qu'on vous regarde comme le fauteur, le protecteur, la trompette de l'heresie? Ne vous embarassez point des louanges de notre Societé. *Cet ennemi dont Arnauld a triomphé*, c'est le Roi, le Pape, la Sorbonne &c. C'est ainsi que tout le monde l'entend. Voiez ce que vous avez à faire. Voulez-vous que je vous en épargne la peine, & que je fasse cette retractation en votre nom? Ce seroit-là un coup d'ami.

VIII.

VIII. LETTRE DU P. JOUVENCY.

Nil propiùs factum est, quàm ut Epistolam tuam tibi, ut erat obsignata remitterem. Vix adductus sum, eam ut resignarem. Piget me toties de istis funestis audire Versibus. Laudo tamen quòd purgare te publico cogites Scripto. Laudem ex ea re non mediocrem consequeris, & labem elues inustam tibi. Verùm fac ut accuratum sit Carmen illud: libenter videro priusquàm in lucem edatur. 5. Kal. Jan.

TRADUCTION.

PEu s'en est fallu que je ne vous aye renvoié vôtre lettre toute cachetée, & j'ai eu bien de la peine à me resoudre de la lire. Je suis las d'entendre parler si souvent de ces malheureux Vers. Je vous sai pourtant bon gré de ce que vous songez à vous justifier par un Ecrit public. C'est l'unique moyen de rétablir votre reputation, & de vous faire honneur dans le monde. Mais ayez soin sur tout dans cette piece que vous meditez, de vous expliquer nettement & positivement. Je ne serai pas fâché de la voir, avant qu'elle voie le jour.

Santeul enfin, ne pouvant resister à des sollicitations si pressantes, composa les iambes qui commen-

mencent ainſi : *Quid hoc Juvenci, &c.* & les envoya
au P. Jouvency avant que de les faire imprimer. Il
en fut très-content. Il n'y eut que le nom de M.
Arnauld, qui entroit dans le titre de cette piece,
qui le choqua : il le fit donc effacer, comme s'il eût
dit : *Eradamus eum de terra viventium, & nomen ejus
non memoretur ampliùs. Jerem.* 11. Il lui dicta auſſi
preſque mot à mot les remarques qu'on voit à la fin
de cette piece, où Santeul donne à quelques Vers
de ſon Epigramme des interpretations, qui paroiſſent
pour la plûpart auſſi éloignées du bon ſens, que
de la verité.

IX. LETTRE DU P. JOUVENCY.

*RElegi iterum carmen tuum : miror illud, quò
lego magis. Tamen hac, quæſo, nota. Nol-
lem mentionem facere de Arnaldo. Tolle penitus ejus nomen è titulo &c.*

TRADUCTION.

J'Ai encore relu votre piece : plus je la
lis, plus je la trouve admirable. Cependant faites attention à ce que je vais vous
marquer. Je ne voudrois faire aucune men-
ſonge de M. Arnauld. Effacez entierement
ſon nom du titre &c.

Enſuite il lui dicte les remarques dont on a parlé
auparavant.

L'unique but des Jeſuites dans cette intrigue, &
dans tout le mouvement qu'ils ſe donnoient, étoit
d'obli-

d'obliger Santeul d'écrire quelque chofe contre la memoire de M. Arnauld, fans quoi on lui faifoit affez entendre qu'on ne feroit pas content de lui. Santeul, qui vouloit en même tems les fatisfaire, & ne point bleffer fa confcience & fon honneur, employa pour tromper fes Maîtres un tour affez fin, & qu'il avoit peut-être appris dans leur école. A la fin des iambes, dont on a déja parlé, après avoir marqué qu'il abhorre & détefte tout ce qui eft condamné par le S. Siege, il ajoûte ces deux Vers en s'adreffant à M. Arnauld:

> *Ictus illo fulmine,*
> *Trabeate Doctor, jam mihi non ampliùs.*
> ARNALDE, *faperes.*

C'eft-à-dire : *Si tu étois frappé de cette foudre,* AR-NAULD *, quelque illuftre que tu fois , je n'aurois plus d'eftime pour toi.* Mais dans la copie qu'il avoit montrée aux Jefuites, au lieu de *faperes*, il avoit mis *fapias*, qui peut recevoir un fens bien different du premier, & laiffe entrevoir que Santeul regarde M. Arnauld comme un homme condamné effectivement par le S. Siege, & frappé des foudres du Vatican.

Le P. Jouvency voyoit avec un merveilleux contentement l'heureux fuccès de fes intrigues, & s'applaudiffoit lui-même, fans doute, du fervice qu'il venoit de rendre à la Societé, en obligeant Santeul de gliffer dans fes Vers un mot qu'il croyoit devoir couvrir à jamais de honte Monfieur Arnauld, & le diffamer chez toute la pofterité. Mais il fut bien furpris, quand au lieu de *fapias* il vit *faperes* dans la piece de Vers qui fut donnée au public; &
en-

encore plus quand il sçut que Santeul se vantoit
publiquement d'avoir donné le change aux Jesuites.

Ce fut pour mieux connoître les veritables sentimens de ce Poëte, qu'on mit en œuvre un moien
qui auroit paru tout nouveau, si l'histoire du FAUX-
ARNAULD, encore toute recente, n'avoit disposé le
public à ne plus être surpris de ces sortes de four-
beries. Un inconnu alla trouver Santeul comme de
la part de M. le Curé de S. Jacques du haut-pas,
pour lui demander les ïambes qu'il venoit de composer, & tira de lui adroitement une Lettre pour
ce Curé, dans laquelle ce Poëte croyant écrire à
un ami, & à une personne non suspecte, lui dé-
couvroit son cœur sans déguisement, & lui mar-
quoit sa veritable disposition à l'égard de M. Arnauld & des Jesuites. La Lettre fut aussi-tôt portée
au College de Clermont, où elle fit grand bruit.
Santeul en fut bien-tôt averti. Il alla trouver brusquement le Curé de S. Jacques, qui ne sçachant
rien de toute l'histoire, fut fort surpris ; le Poëte
encore davantage. Enfin on reconnut la fourberie,
& l'on se douta bien d'où elle venoit. Les Jesuites
fulminerent contre Santeul, & lui firent écrire par
le P. de la Baune la Lettre suivante, qui se sent
de la moderation & du caractere de son Auteur.

LETTRE DU P. DE LA BAUNE.

JE vous suis obligé, Monsieur, des Vers
que vous m'avez fait la grace de m'envoier. J'ai donné ceux que vous m'avez
marqués à qui il apartenoit. Au reste le P.
Martine & moi avions vû *sapias* & *saperes*.
Cela nous faisoit croire que la chose étoit de

la meilleure foi du monde, & nous l'avons foutenu comme cela au P. Jouvency & autres. Mais le *faperes* refté feul, & plus encore une Lettre que vous avez écrite tout recemment, à ce qu'on dit, à M. le Curé de St. Jacques du Haut-pas, gâtent tout. *Vous lui rendez compte, à ce qu'on dit, de la maniere dont vous vous êtes tiré d'intrigue d'avec les Jésuites ; que vous en avez été quitte pour donner quelque interpretation à vos Vers : mais que vous avez tenu bon, & que vous n'avez point chanté la palinodie.* Voilà ce qu'on dit. Pour moi je ne le puis croire : mais fi cela étoit, comme on l'affure, nous repeterions tous deux votre Vers, *Execror, deteftor, horreo.* Du refte les Vers font les plus jolis du monde. Je fuis, Monfieur, votre très-humble & très-obeïffant ferviteur De la Baune. Ce 20 Janvier.

Santeul irrité de la conduite des Jéfuites refolut de rompre entierement avec eux. En effet il leur renvoya fur le champ tous les livres qu'ils lui avoient prétés, leur fit dire qu'il ne vouloit plus avoir aucun commerce avec des perfonnes capables d'une telle friponnerie. C'eft ainfi qu'il appelloit le tour qu'on venoit de lui jouer : & il brula en prefence de fon Prieur fept à huit-cens exemplaires qui lui reftoient des ïambes qu'il avoit faits par complaifance pour la Société. Les Jéfuites prirent à ce coup une veritable alarme. Ils craignirent que ce Poëte

ne portât plus loin son ressentiment , & employe-
rent l'éloquence douce & insinuante du P. Bourdaloue pour l'appaiser.

LETTRE DU P. BOURDALOUE.

SOiez en repos ; le Rancunier est déja
converti (*il parle du P. de la Ruë*) &
c'est lui-même qui me charge de vous en
assurer. Vos Vers lui ont paru très-beaux,
& ils le sont en effet. Il n'y a point de
rancune qui puisse tenir contre la Poësie,
j'entens contre la vôtre. Je serai ravi de voir
l'Hymne de St. André. Plût à Dieu que
toutes celles du Breviaire Romain fussent
de votre façon ! Car il y en a qui ne sont
pas soutenables , quoi qu'elles aient le merite de l'antiquité. Je suis , Monsieur , plus
que personne du monde très parfaitement
& très sincerement à vous. BOURDALOUE.
Le 20 Janvier.

Le P. Bourdaloue avoit pris le Poëte par son
foible : les louanges flateuses qu'il lui donnoit ra-
commoderent tout. Santeul aussi-tôt parut rendre son
amitié & son estime aux Jesuites.

Ils jouissoient donc en paix de part & d'autre du
fruit de cette reconciliation , lors qu'un coup im-
prévu , & qui partoit d'une main inconnuë , vint
troubler leur repos. On vit paroître une piece in-
titulée , SANTOLIUS PŒNITENS , qui se ré-
pandit en peu de tems dans tout Paris , & y fit
beau-

beaucoup de bruit. Les Jesuites déconcertés par ces Vers, qui renfermoient un eloge magnifique quoi que modeste de M. Arnauld, & portoient de rudes coups à la Société, garderent un morne silence, & dévorerent en secret leur chagrin. Santeul d'un autre côté se tourmentoit comme un furieux, jurant qu'il n'en étoit point l'Auteur; ce qu'on n'eut pas de peine à croire.

Peu de jours après parut une traduction de cette piece en vers François, qui fut trouvée fort belle.

Santeul se vit accablé en même tems d'une grêle de Vers & Latins & François, comme *Santolius Pendens*, *&c.* mais il ne faisoit plus qu'en rire. Les Jesuites n'étoient point contents de Santeul, soit peut-être qu'ils le crussent Auteur du *Santolius Pœnitens*, ou plutôt parce qu'il montroit leurs Lettres à tout le monde. Leur mécontentement éclatta par la piece sanglante que fit contre lui le P. Commire, & qui a pour titre, Linguarium, c'est-à-dire, *Le Baillon*, où après lui avoir reproché son inconstance & sa legereté, qui lui faisoit dire le pour & le contre presque en même tems, il lui conseille, s'il est sage, de se tenir en repos, & de se taire.

Santeul fut piqué jusqu'au vif de cette piece: il y répondit par une elegie assés foible, où prenant les choses sur un ton serieux, il s'avise mal à propos de moraliser. C'est ce qui donna lieu à une petite piece, qui est fort dans le gout de l'antiquité, & qui a pour titre, *Ad Santolium miserabiles Elegos decantantem, iambi*, sur la fin de laquelle on lui conseille de tenir fermées sous cent clefs les Lettres des Jesuites.

Santeul avoit grand besoin de ce conseil. En effet le P. Jouvency, qui reconnut, mais trop tard, la faute qu'il avoit faite de confier cette honteuſe intrigue à la diſcretion d'un Poëte tel que Santeul, tâcha de retirer d'entre ſes mains les lettres qu'il lui avoit écrites. Voici comme il s'y prit.

X. ET DERNIERE LETTRE DU P. JOUVENCY.

MONSIEUR,

J'ai lû dans un petit livre couvert de papier bleu, qui court, à ce qu'on dit, dans tout Paris, deux Extraits de Lettres que l'on cite comme vous aiant été écrites & ſignées de ma main. Je ne me ſouviens point de vous avoir écrit tout ce que l'on y dit comme de moi. C'eſt à la page 3. où l'on me fait parler de M. Arnauld *comme d'un chef de parti, un hereſiarque (reconnu tel par l'Egliſe & par la France, comme un homme mort dans les obſtinations de toutes les erreurs condamnées par l'Egliſe)* ce qui eſt enfermé entre les crochets, ſe lit dans l'Errata à la fin du livre, *& un excommunié, que le Roi avoit fait chaſſer de ſon Royaume.* On me fait dire dans la page 4. ces mots, *qu'il apprehendoit & prévoyoit pour lui des choſes fâcheuſes du côté de la Cour, & qu'il en étoit aſſuré.* Dans la page 13. *qu'il étoit excommunié, s'il ne ſe retraƈtoit, & qu'il falloit nettement dire anathême à M. Arnauld,*

B

&

*& sur tout retracter ces mots d'*Arbiter æqui, *de* Veri defensor, ejectus & exul.

Je vous prie, si vous avez peine à me montrer mes lettres, de m'envoier une copie fidelle, de ce que je vous ai écrit. Il me semble qu'on me fait bien dire des choses auxquelles je n'ai jamais pensé.

Tuus in Christo J. Juvencius S. J.

Die 20 Feb. 1696.

On souhaite que le P. Jouvency, qu'on sçait avoir en toute autre occasion une memoire très-heureuse, l'ait perdue tout-à-coup en celle-ci; & que sa Lettre ne roule point sur quelque miserable equivoque, à la faveur de laquelle il ait cru en conscience pouvoir nier ce qui n'étoit que trop vrai. Il pourra reconnoître par la lecture de ses Lettres, dont il verra ici *une copie fidelle, si on lui a fait dire bien des choses auxquelles il n'ait jamais pensé.*

On avoit accusé M. de Santeul d'avoir parlé d'une maniere desavantageuse de M. Arnauld, en presence du P. Bourdaloue, chez Monsieur DE LAMOIGNON Avocat General au Parlement de Paris. Cette calomnie lui fit beaucoup de peine, & il n'eut point de repos, qu'il n'eût tiré de M. de Lamoignon un témoignage du contraire, qu'on ne sera point fâché de voir ici.

ATTE-

ATTESTATION

DE

M. L'AVOCAT GENERAL.

JE certifie à tous, à qui il appartiendra, qu'il n'est pas vrai que M. de Santeul de St. Victor ait jamais parlé devant moi contre la memoire de Monsieur Arnauld. Il sçait trop bien l'estime & la veneration que j'aurai toujours pour un aussi grand homme, qui a été l'un des premiers ornemens de notre siecle, & dont l'amitié m'a toujours fait honneur, pour en parler dans des termes differens de ceux du public. Fait à Paris ce 9 Avril 1696.

DE LAMOIGNON.

Santeul ne dissimuloit pas à ses amis, que tout ce qu'il avoit fait pour contenter les Jesuites, n'étoit qu'un jeu. Il composa à ce sujet une petite Fable assés jolie, où il feint qu'un homme attaqué d'une dangereuse maladie, fit venir un Medecin, qui ne voyant aucune esperance de le guerir, crut pourtant le devoir ménager en lui faisant esperer une promte guerison: mais malgré les belles promesses du Medecin, le malade expira peu de jours après. C'est ainsi que Santeul se vantoit d'avoir amusé les Jesuites par de belles paroles. On trouvera cette Fable dans le Recueil placée en son rang.

<table><tr><td>rang.</td><td align="center">B 2</td><td align="right">Ainsi</td></tr></table>

Ainsi s'est terminée cette fameuse querelle, qui n'a servi qu'à relever la reputation de Monsieur Arnauld, & à donner de l'indignation contre la Societé. C'est dans cette occasion qu'on pourroit bien adresser aux Jesuites ces belles paroles, dites au sujet du plus grand homme que la Republique Romaine ait jamais porté, lequel aussi bien que Monsieur Arnauld eut la douleur de mourir hors de sa patrie, & dont on voulut aussi noircir la reputation après sa mort par des accusations injustes: „N'y a-t-il donc point de merites qui puissent pro-„curer aux grands hommes une retraitte assurée & „comme un azyle sacré & inviolable, où leur vieil-„lesse, si on ne peut se résoudre à la respecter, soit „au moins à couvert de toute insulte? .... N'étoit-„ce pas assés qu'on eût derobé à L. l'Africain les „louanges qu'il devoit recevoir après sa mort à la-„Tribune aux Harangues; falloit-il encore qu'on al-„lât jusqu'à flétrir sa memoire par une accusation? „Le peuple de Carthage s'est contenté de l'exil „d'Annibal; & la mort de P. Scipion ne suffira „pas pour appaiser le peuple Romain, à moins „qu'on ne trouble jusqu'à ses cendres, en dechirant „sa reputation! *Nullis-ne meritis suis unquam in ar-cem tutam & velut sanctam Clari Viri pervenient, ubi si non venerabilis, inviolata saltem eorum senectus confidat? .... Parum igitur fuisse non laudari pro Rostris L. Africanum post mortem, nisi etiam accusaretur? Carthaginienses exilio Annibalis contentos esse; populum Romanum ne morte quidem P. Scipionis exsatiari, nisi ipsius fama sepulti laceretur!*

POE-

POESIES
FAITES SUR LE MEME SUJET.

SANTOLII VICTORINI
AD JOSEPHUM JUVENCIUM S. J.
EPISTOLA

Quâ se absolvit de injurioso Epigrammate incusatus.

S Cilicet egregias qui me duxêre per artes,
  Perfidus in doctos sævirem impunè Magistros ?
Unde mihi nomen, decus unde & gloria venit,
Et pietas, & Relligio, virtusque, fidesque,
Et probitas morum, sacri quoque regula Veri,
Hos ego mordaci lacerarem dente Magistros
Crudelis ? talem terris avertite pestem
Ultores Superi : quid vos tardatis ? in ima
Ah! nimis ingratum detrudite Tartara Vatem.
  Cossarti è tumulo turbata resurgeret umbra,
Degenerem increpitans & me terreret alumnum.
Et me torva tuens contractâ fronte Vavassor
Exspueret malè nata, & egentia carmina limâ.
Elysias valles, vernis quas floribus ornat,
Questibus impleret, quondam mea cura, Rapinus,
Et quos Virgilius vellet scripsisse, nitentes,
Flores unde lego, durus mihi clauderet hortos :
Ingens Commirius, cui pono tubamque chelymque,

B 3

Et

Et calamos, me alto sacri de vertice Montis
Truderet in præceps, fœdamque haurire paludem
Parnassi puro depulsum fonte, juberet,
Tùm ranas inter mutatâ voce loquaces.

Quin sacer Orator meliori numine plenus,
Qui, quos excoluit, nobis dedit ire per hortos,
Et Pindi juga læta, suosque accedere fontes,
Sacrilegum Vatem, solio sublimis ab alto
Fulmine dejiceret jam non meus ille R u æ u s.

Nec me tot maculis, & fœdum turpiter ora
Ampliùs ablueres (scis nempe polire) Juvenci.

Dum loquor; ecce omnes me Musæ crimine tanto
Absolvuat, me Vos etiam absolvistis Amici.
Improbus ille fuit, qui chartæ impunè volanti,
Apposuit nostrum renovanda ad prælia nomen,
Demens! qui tantam speravit inurere labem,
Et nostræ quid detrahere, atque insurgere famæ.
Et mihi quot pietas æterno fœdere junxit,
Par studium Musarum, & virtus fecit amicos,
Tot facere adversos vulgatis Versibus hostes.
Hunc ego crediderim Furiis stygialibus actum,
Et tinxisse manum nigrâ Phlegethontis in undâ.
Fraude suâ capitur; pigros magis excitat ignes:
In me tota ruat ruptis effusa cavernis
Effera gens Erebi, juratum abrumpere fœdus
Nequicquam poterit, manet, æternumque manebit
Hactenus incorrupta fides, & nescia fuci.

Vos quotquot Superi, vos conscia Numina testor,
Nostis enim, vestro quo numine scribimus omnes,
Me nunquam iratis quidquam scripsisse Camœnis.
Impia turparent vestras convitia laudes.
Candida Musa mea est, nimium ô dilecte Juvenci!
Illa tuis animi candorem, è moribus hausit.

Quâ cœli Proceres, ipsum quâ pingo Tonantem,
Hâc hâc sacrilegus scribam convitia dextrâ?

In pœnam ah ! potiùs contractis dextera nervis
Segnis, iners, torpefcat, in ignes, inque favillas,
Quæ fcripfiffet, eant; jufta hæc pro crimine pœna,
 Sed quid ego hæc autem? fatis eft mihi confcia virtus.
Vilis adulator formas fe vertat in omnes
Et fibi conciliet fimulatâ mente favorem,
Non ita nos pleni manifefto numine Vates
Alta fupercilia induimus, nil fraudis egentes,
Nec me multa minans quis terreat ? obvius ibo;
Et pœnas fcelerum ultrices, mortefque lacelfam,
Ardens ipfe perire, mihi fi fcribere quidquam
In vos, docta Cohors, Veri fanctiffima cuftos,
Contigerit; mihi perpetuæ, dum devius erro,
Lucetis fublimè faces, mihi noctis in umbrâ
Affertis fine nube diem, dubiumque per æquor
Securus ridebo minas, pelagique furores
His ducibus; mediis vos anchora firma procellis.
His confifa ratis rectoribus, obvia quæque
Vincet & in tutos nos ducet denique portus.
Vos mihi lux pelago in vafto, mihi prævius ignis,
Per vos tuta fides, & conftans regula morum,
 Quam juvat amplecti, nec me tenuiffe pigebit.
   Salvete, ô facris gens addictiffima Templis,
Præcones Verbi æterni, queis crepita fanctæ
Per populos omnes vulganda oracula legis :
Nec te præteream, cui fe componere gaudet
Majeftas foliorum, alto dum tendis Olympo.
   Per vos plena Deo Doctrinæ pura fluenta,
Sinceri & fontes, Rectique, Bonique, Piique,
Hinc illincque fluunt; iftis de fontibus omnes
Accipiunt: puris hæc pura canalibus unda.
Qui faliunt, prompti tranfmittere ad aftra bibentes
Opto non alios, alio non quærito fontes.
   Quos dictat pietas, hos mitto, hos accipe verfus,
Optimus & judex, & noftri nominis ultor.

B 4

SANTOLIUS VICTORINUS

AD JOSEPH. JUVENCIUM, S. J.

*De suo Epigrammate præter Autoris spem ac
mentem divulgato, & interpretato.*

QUid hoc, J u v e n c i ? magna de me fabula
Narratur, ipse quam tuis gravem auribus
Audire refugis, & fidem dubius negas.
Usque adeò abhorres triste & infandum scelus.
Sis ipse Judex, nam volo te Judicem.
Rem pono nudam, simplici & brevi stylo.

Lis tota, Carmen, quod rogatus non semel,
Per blanda Musæ rusticantis otia,
Tandemque victus precibus è cerebro extudi,
Rude, haud politum, nec legi dignum satis :
Ideoque quamvis suspicatus nil mali,
Tamen reluctans id roganti clàm dedi.

Simul atque manibus evolavit è meis,
Cupidus nocendi Livor, & fraudum artifex,
Nimiùm sinister mentis interpres meæ.
Insultat audax, me bilinguem prædicat;
Totam per Urbem falsa gaudet spargere,
Quotquot & amicos longa firmarat fides,
Facere tot hostes; his ovat Livor malis.

Accusor, & te judice haud credor reus,
Hostis sed urget : me, retecto nomine,
Scripti volantis prodit Autorem improbus.
Ut certa dubiæ constitit chartæ fides;
Heu ! quot procellas, bella quæ non excitas,
Amice? læsi quantus in nostrum caput,
Agitante Phœbo, detonat Pindi furor.

Sua

Sua sunt amicis bella, quæ ridens Amor
Componit; iras vertit in leves jocos.
  Nuper me amabas, nam recordor, & tui
Etiam Sodales mira, si dictis fides,
De me canebant; tu legebas carmina,
Quæ mox jubebas publicas ire in manus
A te polita, non nego, qui glorior
Tali Magistro; tu mihi charus; tibi
Sic ego; Poëtæ quippe nos sacri sumus.
  Tu nos benignus, facilis, & compos tui
Excipere suetus. In tuos fidens sinus
Graves solebam pectoris deponere
Curas; prementis dulce solamen mali.
  Unde igitur illa tam subita mutatio?
Quid hoc? Poëtæ, vel levem famæ ad sonum,
Me mille telis, non lacessiti petunt
Impune, nostris durus & gaudes malis?
Exclamo, malè tu surdus aures obstruis.
Ceu mollis Infans matris egressus sinu,
Invalidus artus reptat, & jacens humi
Crebris parentem, quâ potest, vagitibus
Implorat, omnem questibus replet domum;
O quàm redire vellet in matris sinum!
Silet illa prolis immemor, non jam parens.
  Nescis, Amice, quantus insideat dolor?
Noctes, diesque crucior, & menti incubans
Semper recursat, quæ tuos vultus refert,
Imago; nostrum creber objurgas scelus.
  Dic, quæso, placidus nos adhuc si respicis,
Si nostra curas; quod scelus? semel datam
Testes ad aras num tibi rupi fidem?
Quid potuit in me displicere, dic precor?
An carmen illud, quod manu excidit? lubens
Dedisco versus, & Poëtæ nomina
Superba pono, plectra, calamos & tubas,

B 5

Lyram,

Lyram, chelynque, nostra nuper gaudia,
Vobis relinquo, sacra gens Apollini,
Laudis Juventus avida. Sat nos lusimus.
    Non est Poëtæ vana laus, & gloria
Emenda tanti; Musa, laudum prodiga,
Quæ concitavit bella! quot tragœdias!
Testis, JUVENCI, quo mihi nil dulcius,
Mea & voluptas, & decus quondam meum;
An Carmen illud expiandum sanguine?
Vis, in favillas abeat & Vates simul?
Præscribe pœnam; si taces, hanc eligo.
Audi : & Nepotes hæc legant, hæc audiant;
    Si quid protervum, si tibi minùs placens
In scita Patrum dissonum quid scripserim,
Ejuro, scripti pœnitens, quàm maximè.
De VATICANA rupe quidquid impium,
Summus Sacerdos fulminavit, execror,
Detestor, horreo. Ictus illo fulmine,
Trabeate Doctor, jam mihi non ampliùs,
ARNALDE, saperes. Sola nos doceat Fides.
Hæc illa clarum monstrat in tenebris diem.
Magistra Veri sola, custos, arbitra,
O Sponsa Christi! Do tibi, Mater, fidem.
Divina Mater : quidquid admittis, pius
Adoro, certa quidquid ejuras, pius
Execror, & omnes hâc procellas rideo
Tranquillus inter mille fluctus, anchorâ.

Ejectus & exul ; restituas punctum è suo loco dolosè dejectum.
Sanctus Arnaldus ; nunquam scripsi, Nebulo addidit de suo
sanctus ad excitandum odium. *Hoste triumphato* ; de *Jurio* & de
Claudio Calvini sectatoribus dictum puta. *Veri defensor* ; de *Per-*
petuitate fidei. Arbiter æqui ; in re serià nimis poëticè, & pœ-
nitet dicti ; plus consului auribus, quàm veritati. Hi sunt legi-
timi sensus ; alios ejuro, ita me Deus amet.

                                            S A N.

SANTOLIVS POENITENS.

R Umpite perjurum, fuſpiria, rumpite pectus :
Voſque, ô perpetuis heu ! mox damnanda tenebris
Lumina, ſanguineos lacrymarum effundite rivos.
Deleri haud alio poſſunt ſcelera impia fletu.
  Quò me præcipitem furor inconſultus adegit ?
ARNALDI tumulo inſcriptos defendere verſus
Erubui, quos Relligio mihi ſancta, fideſque,
Et pietas, & amor Veri dictarat ! inani
Hos ego ſacrilegus Vates formidine victus,
Ejuravi amens infando carmine ! Non me
Conſcia mens falſi, non inviolabile ſacræ
Numen amicitiæ, & Capitis reverentia cari,
Non potuit me fama, pudorve inhibere furentem !
Et ſpiro ſceleratus adhuc ! Non terra dehiſcit
Sub pedibus, ſævo nec fulminis igne peremptum
Tartareas adigit ſcelerum Deus ultor ad umbras !
  Quamquam, heu ! ſupplicium vel funere triſtius
      ipſo eſt,
Quæ nunc ſollicitos inter mihi vita pavores
Ducitur. Æger, inops mentis, méque ipſe tenere
Impatiens, furiis animum ſtimulatus acerbis,
Errabunda, fero huc illuc veſtigia, diris
Diſtorquens rabida ora modis ; tamen uſque fugacem
Perſequitur ſcelus, & miſero otia nulla relinquit.
  Inſuper, ipſa mihi noctuque diuque recurſans
Exſomnem, pavidum, ARNALDI me terret imago.
Non ille horrifico ſquallens apparet amictu,
(Qualia poſt mortem dicunt ſimulacra videri)
Ora ſepulcrali fœdatus pulvere, & ater
Aſſurgens : ſed qualis erat, cùm ſpiritus artus
Intus agens regeret, vultuque habituque modeſto
Lenis, adhuc retinens antiquum frontis honorem.

B 6

Cani-

Canities veneranda seni, breve corpus, at ingens
Majestas, placido fulgentes lumine vibrans
Leniter in me oculos, scelus exprobare videtur:
,, Tu quoque, Santoli, de te nil tale merentem,
,, Tune etiam infidus post funera prodis amicum?
Hæc ille. At blandæ voces, & mitia linguæ
Verbera crudeli lacerant mihi vulnera pectus.

  Sancte Senex, pleno qui nunc de flumine Verum
Illud idem, quod sic terris peregrinus amasti,
Ore avido bibis, atque odiorum oblivia potas:
Sancte Senex, nostrum, precor, obliviscere crimen,
Jamque recantato fias mihi carmine amicus.
Ecce pedes reus ante tuos sto supplice vultu,
Funereum collo funem, dextrâque tremente
Ardentem gestans, probrosa insignia, tædam.
Invito nuper calamo quos scribere mendax
Sustinui vates, ipso vel sanguine versus
Eluere en cupio. Vanis terroribus illos,
Atque malâ fraude extorsit crudelis Amicus.

  Quem non ille dolis etenim potuisset eisdem
Induere in laqueos, cùm formidabile Magni
Objiceret nomen LODOICI? Non ego dura
Exilia, aut tristes obscuri carceris umbras,
Sævam aut pauperiem, mihi quæ, si vestra recusem
Jussa, minax tacito portendit Epistola nutu ;
Regalem at timui quamvis innoxius iram.
Namque, fatebor enim, si credam hæc paucula Regi
Carmina displicuisse, loquacibus ista poëtis.
Sit quanquam aspera lex, æterna silentia jurem,
Contentus tacitos Virtuti exsolvere honores.

  Sed quid ego hæc autem? Stultâ formidine ludor
Credulus. ARNALDUM laudari carmine nostro
Scilicet invideat LODOIX? Ea cura quietum
Sollicitet? Belli molem hanc dum sustinet unus,
Dum conjuratas meditatur frangere vires

Euro-

Europæ, Regum & violati Numinis ultor,
Grandiaque invicto secum sub pectore volvit,
Santolii nugas audit vel curat, & istis
Lusibus augustum velit interponere nomen?

  Ergone privatas sacri sub nominis umbrâ,
Placari indociles, usque exercebitis iras?
Numquam-ne ARNALDUM contra, crudelia bella
Cessabunt? Rabies nunquam exsaturata quiescet?
Non satis exilii duros tolerasse labores,
Obscuris malè tutum in sedibus, omnium egentem;
Et dulcem patriam, & caros liquisse penates,
Blandaque amicorum consortia? Frigida nunquid
Ossa viri, cineresque juvat violare sepultos?
Occiderit procul hinc: tellus aliena sepulcrum
Possideat: manes nunc saltem impunè quiescant.
Te pacem, LODOICE, istam quoque, Gallia poscit.

SANTEUL PENITENT.

TRADUCTION NOUVELLE.

SOupirs, qui dans mon sein retenus par la crainte
  Souffrez depuis long-tems une injuste contrainte,
Brisez ce cœur perfide: & vous, mes tristes yeux,
Pour laver la noirceur d'un forfait odieux,
De deux ruisseaux de sang inondez mon visage.
O Ciel! où m'a réduit une jalouse rage?
Des Vers dignes de moi, nobles, harmonieux,
Ornoient du grand ARNAULD le Tombeau glorieux:
J'ai rougi d'avouer ma gloire, mon ouvrage:
Lâche, j'ai retracté le pieux témoignage,

Que

Que la Religion, la Foi, la Verité
M'avoient dans un lieu Saint elles-mêmes dicté.
Cœur ingrat, vil flateur, sacrilege Poëte,
Miserable joüet d'une crainte indiscrette,
D'un si noble dessein j'ai pû me repentir,
Et ma bouche parjure a sçû me démentir.
Quoi! ni le souvenir d'une Tête si chere,
Ni l'éclat d'un grand Nom que la France révére,
Ni respect, ni devoir, ni pudeur, ni remors,
N'ont pû de ma fureur modérer les transports.
Malheureux! & je vis, & je respire encore!
Le jour offre à mes yeux sa clarté que j'abhorre!
Le Ciel suspend ses coups! la Terre, les Enfers
N'offrent point à mes pas leurs abîmes ouverts!

Mais non, dans les horreurs dont ma faute est suivie,
Le plus cruel trépas m'est plus doux que la vie.
Triste, sombre, inquiet; sans honte, sans raison;
Je fuis, j'erre, je cours de maison en maison.
Mes pas irresolus, mes regards, mon visage,
De mon esprit troublé sont une affreuse image;
Moi-même je me fuis. Mais helas! en tous lieux
La grandeur de mon crime est presente à mes yeux.
Dans ces cruels accès d'une fureur pressante,
L'ombre du grand ARNAULD nuit & jour m'épouvante;
Non, qu'il lance sur moi ces serpens, ces flambeaux,
Qu'une Ombre menaçante apporte des Tombeaux.
Il ne vient point soüillé d'une horrible poussiere.
Clair, serein, il paroît couronné de lumiere:
Doux, tranquile, modeste, & grave sans fierté;
Petit de corps, mais grand par cette majesté,
Qu'imprimoit la Vertu sur son front vénérable.
Ses yeux sont vifs, mais pleins d'une douceur aimable.
Il m'appelle; il s'approche, & poussant un soûpir,
,,Quoi, dit-il, quoi, SANTEUL, as-tu pû me trahir?
,,Je t'aimai; tu m'aimois, & ta bouche infidelle

,,Au·

„Aujourd'hui defavoue une amitié ſi belle!
A ces mots juſqu'au cœur vivement pénétré,
De violens remords je me ſens déchiré.
　O toi, qui libre enfin d'une penible courſe,
Poſſedes du vrai bien l'inépuiſable ſource;
Qui dans un ſaint repos à jamais rétabli,
Des peines d'ici bas bois l'éternel oubli,
Saint Vieillard, prens pitié de ma douleur mortelle:
Voi mes pleurs; laiſſe agir ta bonté paternelle.
Criminel à tes pieds humblement proſterné,
De haine & de riſée objet infortuné,
Honteux, chargé de fers, je viens triſte victime
M'offrir au châtiment qu'a merité mon crime:
Par mon ſang, en public, je ſuis preſt d'effacer.
Les Vers, que malgré moi ma main oſa tracer,
Quand mon perfide ami, par un lâche artifice,
Me força d'obéïr à ſon cruel caprice,
Dans ſes pieges trompeurs, helas! je ſuis tombé.
Mais tout autre que moi n'eût-il pas ſuccombé?
Le ſeul nom de L O U I S ébranlant ma conſtance,
De mon cœur allarmé força la reſiſtance.
En vain ſur le papier verſant un noir poiſon,
L'I M P O S T E U R me parla d'exil & de priſon.
Je n'ai craint ni les fers, ni l'affreuſe indigence,
Ni le triſte appareil d'une fiere vangeance.
Mais enfin il offrit à mes yeux éblouis,
L'autorité ſuprême & le nom de L O U I S.
Je fremis, je tremblai. Car enfin, je l'avoue,
Si ces Vers que j'ai faits, & qu'aujourd'hui je loue,
Par un ſens ödieux déplaiſent à mon R O Y,
D'un ſilence éternel je m'impoſe la loy;
Loy dure, loy cruelle aux malheureux, qu'inſpire
L'importune fureur de parler & d'écrire.
A cette loy jamais on ne m'a vû ſoûmis.
Cependant, s'il le faut, je céde, j'obéïs;

Con-

Content si JOUVENCY permet à mon silence
D'honorer le Sçavoir, la Vertu, l'Innocence,
De rendre au grand ARNAULD un hommage caché,
Qui jamais par BOUHOURS ne me soit reproché.
  Mais pourquoi m'effraïer par de vaines chimeres ?
Infensé ! connois mieux un ROY que tu révéres.
De soins dignes de lui sans relâche occupé,
Vangeur du Diadême & d'un Trône usurpé ;
De cent Princes unis démêlant les intrigues,
Renversant leurs projets, déconcertant leurs ligues,
Lorsque son bras, fatal à la Rebellion,
Soûtient les droits sacrés de la Religion,
La louange d'ARNAULD lui feroit-elle ombrage ?
Voudroit-il de mes Vers lui ravir le suffrage ?
Nos vains amusemens peuvent-ils le blesser ?
Et ses yeux sur SANTEUL daignent-ils s'abaisser ?
  Quoi, Cruels, abusant d'un pouvoir redoutable,
Armant d'un nom sacré votre haine implacable,
Vous livrez l'Innocence à d'éternels combats !
Vous poursuivez le JUSTE au-delà du trépas !
Votre ame par sa mort n'est donc point attendrie ?
Helas ! loin du doux sein de sa chere Patrie,
A ses tristes Amis pour jamais arraché,
Dans un obscur séjour, solitaire, caché,
Il est mort : cependant sur ses cendres éteintes,
Votre haine ose encore imprimer ses atteintes.
Hé ! n'est-ce pas assez qu'un destin envieux
Nous ait ravi d'ARNAULD les restes précieux ?
Souffrez enfin, souffrez que son Ombre tranquile
Dans la nuit du Tombeau trouve un dernier azile.
LOUIS, c'est à toi seul de combler nos souhaits :
Aux vœux de l'Univers donne aussi cette Paix.

SAN-

SANTOLIUS PENDENS.

FLete oculi & largos lacrymarum effundite rivos.
Inclytus, immortale fonans, Amor Urbis & Aulæ
Santolius, Divos cui fas æquare canendo,
Luridus infami nunc, proh dolor! in cruce corvos
Pafcit, & hybernas durat medio aëre noctes.

Mufa mihi caufas memora quo numine læfo,
Quidve dolens MOLINA virum damnaverit Orco
Infontem. Tantæne benignis Patribus iræ?

Aufus Virtuti meritum perfolvere honorem
Exiguos verfus, at debita munera amico,
Arnaldi tumulum decoravit carmine vates.
Continuò fera gens, alienæque invida laudis
Ejurare pios mendaci carmine verfus
Imperat, aut diro pereundum funere clamat.
Ille, improvifo tactus ceu fulmine, paulùm
Hæfit inops animi. At fugitivæ in pectora vires
Ut rediere, Notis velut icta furentibus ilex
Monte fuper, tantùm concuffo vertice nutat,
Sed manet immotus firmato robore truncus:
Sic ille & rabiem, & latratus ridet inanes.

Ut videre Virum contra impia juffa tenacem
Propofiti, quando jam nil artefque dolique
Proficiunt, quavis ratione modoque, vel ipsâ
Morte parant (aliter nequeunt) inhibere furentem.

Ergo, ubi concilium magnum de more vocatum eft,
Ecce tricornigeri veniunt, nigra agmina, Patres,
Quos inter Senior contracta fronte J u v e n c u s
Demiffis in terram oculis, vultuque modefto,
Flebilibufque modis fic incipit. Ista feremus,
,,O Patres, cuiquam Arnaldum laudare licebit
,,Impune! infernis quem nos devovimus umbris
,,Jamdudum, hunc malefanâ abreptus mente Poëta
                                        ,,Afcri-

,,Afcribet numero Divorum ,, hauftuque jubebit
,,Felicem longo ætherios potare liquores ?
,,Ecquis præterea nomen vel Regibus ipfis
,,Terrificum curet ? meritos quis reddat honores ,
,,Loiolidis , ftolido fi tanta fuperbia Vati ?
,,Ergo luat meritas fcelerato fanguine pœnas.
,,Vos genus (hoc unum reftat) præfcribite mortis.

  Hæc ubi dicta Tabillonius , cui jurgia cordi
Afpera Santolium contra , litefque moleftæ ,
,,Proh fcelus infandum ! Sic nos impunè laceffet
,,Impius , & noftros defendet perfidus hoftes ?
,,Sumite fupplicium ventura quod horreat ætas.
,,Offa minutatim detracta pelle terantur.
,,Non fatis eft : Patrum circumfpectante coronâ
,,Lignea confurgat moles ; atque arida , Phœbo
,,Quos facit irato , dent nutrimenta libelli.
,,Inque leves abeant chartæ vatefque favillas.

  Tum fic excepit fubraucâ voce R u æ u s.
,,Santolius fateor me quondam eft ufus amico.
,,Unum oro , ô Socii ; hunc quovis abfumite letho :
,,Non magnum eft : verum perituris parcite fcriptis ;
,,Hæc projecta Novi jaceant in margine Pontis.
,,Mortem non renuat tali mercede pacifci.
,,Vultis fcire tamen placeat quâ morte perire
,,Santolium ? hæc potior menti fententia furgit.
,,Jam collo obtorto , manibus poft terga revinctis ,
,,Et virgis de more cutem laceratus , ab altâ
,,Finiat indignam malèpendulus arbore vitam.
,,Nos autem (nam Relligio jubet ipfa) laborem
,,Haudquaquam indecorem ne dedignemur obire.

  Dixit , & affenfu Patres fremuêre fecundo.
Nec mora : protrahitur fatalis victima , & areâ
Siftitur in media , turbæque ante ora nigrantis.

  Extemplo cuncti certatim illudere capto.
Ille genas alapâ , frontem petit ille talitris.

                                        Alter

Alter, quo pueros jam pridem territat ore,
,,Non hodie effugies, inquit, dabis ,Improbe, pœnas.
Sic ait ; atque humeros virgis, & tergora fulcat.

   Interea lignum, feralis machina, in auras
Erigitur ; ligno fimul hæret fcala nefando.
Ac duo LOIOLIDÆ, nigram queis fibula veftem
Altiùs accingit, nudati brachia, facrum
Urgent feduli opus; fummis ille altior aftat
Greffibus ; hic fcalæ inferior partem obtinet imam,
Amboque obnixi tendunt fuftollere Vatem.
In palum : loris alter diroque revinctum.
Fune trahit; miferi tergo fubit alter anhelans.
Quis tibi tum fenfus, tam triftia fata ferenti,
Vatum magne Parens? quantum mutatus ab illo es?
Tartareâ non voce tonas, velut ante, fed agno
Mitior, his ultro compellas vocibus hoftes.
,,   Nil opus eft tanto molimine ; fponte fubibo
,,Quo vultis; felix fi quod, dum vita manebat,
,,Defendit Verum ARNALDUS, defendere & ipfe
,,Extremâ poffim optati fub funeris horâ.
,,*Dive* ARNALDE, tibi devotum refpice Vatem.
,,En, Te, Docte Senex, Veri fanctiffime Cuftos,
,,*Per quem plena Deo doctrinæ purâ fluenta*
,,*Sinceri & fontes rectique, bonique, piique,*
,,*Effluxere,* fequor, tandem Tuus : accipe tutos
,,In portus miferum, & fævæ me fubtrahe Genti.
,,Quid video? circùm rutilanti lumine fufus
,,Affulges, præfenfque manum mihi tendis amicam
,,Exilio liber. Plaudentem & plura parantem
Dicere, Carnifices devolvunt è trabe : fauces
Ille arctus laqueo propiore aftringit hiantis,
Incumbens humeros pronus fuper : hic pede corpus
Attrahit, ingeminans. Rapido petit aftra volatu.
Effugiens Anima : at fatali ex arbore pendet
Longum & iners pondus, Patribus data præda Latinis.

A D

AD JUVENCIUM
CENTO.

Santolium vexent alii, atque hunc verſibus alter
Deriſum vicos omnes & compita circum
Exagitet, trahat ut ſi Bacchanalia caudâ :
Verberet aut, quandoque ut iniquè mentis aſellum
Fuſte iterumque iterumque dolat cerebroſus agaſo
Sic meritum, mediâ ſeu fruſtrà territus hæſit
Sæpe viâ, ſtoliduſve retrò veſtigia vertit.
Alter multa metu cunctantem, at multa volentem
Dicere, quò fando poſſit lenire dolorem,
Adjuvet, atque illi lacrymoſa poëmata dictet.
His ego quem moneam? tecum eſt mihi ſermo,
   Juvenci.
Nec tamen eſt animus, te nunc inceſſere verſu
Probroſo, ne finge, ſenex. Edicere pauca
Te tantùm non pœniteat mihi vera roganti.
Non tu corpus eras ſine pectore. Sæpe notavi,
Concio mirata eſt cùm te ambitioſa loquentem.
Temporaque ut nunc ſunt, dicendi haud futilis
   author :
Tantumdem elingues cupiant præſtare magiſtri.
Eſt multâ virtute tibi ſententia dives ;
Eſt animus riſu ſolers diducere rictum ;
Inque omnes verti facies tibi mobile corpus ;
Mimica tantiſper vox eſt, tamen illa ſonora ;
Eſt velox, procera manus, digitique micantes.
Sermo ferè eſt, qualis noſtri hæc farrago Libelli,
Undique collectas trepidans componere voces,
Furtiviſque nitens pannis, cornicula ſicut
Purpureis ornata coloribus. Attamen ingens

Fa.

Fama tibi, cumulat pietas quam magna, laborque
Infignis virtutis opus, quod jam rude dudum
Donatus, tamen ufque (ô ferrea pectora) conftans
Declamare doces, puerorumque ora figuras,
Auriculis voces memor inftillare falubres.
Quin juvenum examen, dum flores undique quærit,
Pafcua ne mentem lædant obfcœna laboras.
Impietatis, & invidiæ corrector & iræ,
Caftigafque moras nil magnæ laudis egentum;
Et laudem meritis monftras contemnere honores,
Virtutemque fequi, vel fi quis præmia tollat.
Quem tulit ad plaufus ventofo gloria curru,
Ut Phaëton præceps datus olim fabula fiet.
Hæc præcepta dabas. Perge ô; fic itur ad aftra,
Si modò præterea vitæ non difcrepet ordo.
Hoc quid fit tandem? paucis, adverte, docebo.
Non circumtectam Meliano in carmine fraudem
Huc revocem: nimiùm allexit tunc gloria fi te,
Fænore & occultô tentafti quærere laudem,
Non infueta piæ tentafti crimina genti.
Deprehenfi tum haud bella fuit tua fama, JUVENCI.
At puduiffe femel fatis eft, peccare tibi fi
Ante fatis fuerit, neque nunc majora retractes.
Abs te, fare igitur, num grandis epiftola venit
SANTOLIO, iracunda, minax, & carmine pejor
Famofo, ARNALDI titulos cinerefque revellens,
Pontificis veluti inceftus difcerpere virtas,
Eruere & patrias tentaverit impius aras?
Monftrum horrendum, ingens, fcis ipfe & fcire fateris
Id fceleris. Cujus fi quem quis nomine fruftra
Terreat, aut etiam haud manifefto in lumine fontem,
Hunc fpecies alias æqui, fcelerifque tumultu
Permiftas capere, ipfe, puto, ultrò fateberis. Atque
Seu calidus fanguis, feu rerum infcitia vexet,
Stultitiâ ne erret, nihilum diftabit an irâ.

In

Judiciumque dabit Prætor, civilia jura,
Ut reus infelix cunque imploraverit, atque
Probra recantarit justâ formidine fustis
Delator testisque simul temerarius. Ergo
Te scribente ferox nata est si littera, fontem
Haud levis hìc sceleris facile est te agnoscere ; dignum
Nec curasse satis quicquid sapiente bonoque est.
Jure adeò possis crudelis amicus haberi,
Ut te vel tacitè gemebunda Poëmata signant.
Quin etiam liceat violens habeare, nigerque,
Lividus, atque malâ penitus lolligine plenus.
Cur etenim memorem quam rectè senserit ille,
Quem Sorbona suum decus olim libera dixit?
Cur memorem ut læsæ fidei sine crimine notus
Vixerit is, vixit qui Romano utilis Orbi,
Et patriæ charus, toties quem Gallia magnis
Extulit ad cœlum titulis rumore secundo,
Exoptans multos simili pietate nepotes
Esse sibi, multos & doctrinâ optima mater ?
Quem Roma hortata est scripto ut defendere sacra
Pergeret, insidians seu quis subvertere furtim
Tentaret, seu vi perrumpere mallet apertâ.
Invidiæ demum quem cuncta opprobria contra
Præstitit incolumem Romani tessera Patris.
Verùm aliud tibi jam majus, tetrumque, JUVENCI,
Objicitur magis, & cunctis pia pectora turbat.
Eloquar, an sileam ? magni post tristia fata
Diceris ARNALDI, Christo Patrique tremendo
Permultas manibus grates egisse supinis,
Aris sacra ferens, pictâque in veste Sacerdos,
Bellua jam templis quasi nempe inimica jaceret,
Paxque pio latè generi, tibi funere tanto
Parta videretur, totusque quiesceret Orbis.
Sanctane, dic age, tu Christi cum vina litares,
Vina gigantæos etiam extinctura furores,

Pc-

Pectore conceptum hoc scelus est, atque excidit ore?
Cur ita crediderim vehementiùs una movet res.
Tempore nam ex multo, dederit se copia quævis
Fundi, docta manus si fors quid scripserat olim,
Æquè quod lectum pueris, senioribus æquè
Profit, discipulos tu odisse hortaris, & asper
Exagitas; tantumque tuis Scriptoribus æquus,
Vexas externos, licet alma piacula dictent,
Quæ te ter lecto possent recreare libello,
Seu fors laudis amore tument tua pectora, seu fors
Præceptis odiis miser, invidiâque laboras.
Hoc moveor quantumvis, sacra nefanda litasse
Nec puto, nec credo, si diffitearis apertè.
Tum pereat, ficto si audax quis pectore sese
Dixerit excepisse tui narrantis ab ore.
Ac jactata tuum si nomen Epistola falsò
Præferat, & cupidus pugnarum excuderit illam,
Artificique odii dextrâ conflaverit auctor,
(Cum genus hoc inter vitæ versemur, ubi acris
Invidia, atque vigent ubi crimina) (non ita pridem,
Haud ignota loquor, decepit Epistola FALSI,
Mortales multos ARNALDI) Candidus ergo
Luce palàm si audes illam ejurare, JUVENCI,
Ignibus urentur tabulæ, tu missus abibis,
Et perges virtute frui, studiisque secundis:
SANTOLIUMQUE unum jam totâ agitabimus urbe,
Stultitiâ ut captum nihilum metuenda timente.
    Hæc tibi dictabam post fanum putre Vacunæ;
Hìc te, rescribes aliquid si fortè, manebo.

SANTOLIO VICTORINO

LINGUARIUM.

CUr inficetis nos fatigas Verſibus?
Jam parce tandem, SANTOLI, & chartæ & Tibi;
Urbique pudeat tandiu ludos dare,
Actorem ineptæ ineptiorem fabulæ.
Seu mane ſurgit, ſeu cadit ſerò dies,
Vici, angiportus, trivia, pontes, inſulæ
Sine more querulis perſonant clamoribus
Quacumque tranſis, ilicet fit undique
Tumultus ingens, atque concurſatio.
Te Bajulus & Agaſo, quique civibus
Gemente fert cervice venales aquas,
Fæx denique omnis plebis infimnæ obſident,
Quæruntque frontis unde triſte nubilum,
Animoſque turbans haud Apollineus furor.
Atque aliquis haud indoctus agreſtem jocis
Hilarare turbam, Dolia, inquit, Belnico
Spumantia mero nuper, exhauſtum arguunt
Triſti ſonore nectar. Eia Naïades
Domino dolenti quâ licet ſolatium
Præbete. Veſtras ille carminibus ſuis
Celebravit undas. Pocula merenti date.
Fortaſſis, inſtat alter, inflictam ſibi
Paraſitus alapam Regiæ palmâ nurus
Ceu grande probrum luget. Immeritò tamen
Palmaris inde Vatis agnomen feret.
Exclamat alius qui viæ in crepidine
Vendit popello triobolares nænias:
Poëta noſter penſionis annuæ
Regale munus perdere haud fruſtrà timens,

Acri

Acri dolore corda transfixus gemit.
Immane nempe tam gravi pœnâ nefas
Piare dignus. Janfenifta factus eft.
Te Janfeniftam SANTOLI! Pereat malè
Tibi, qui probrofi nominis inuffit notam.
Longè fcholarum jurgiofo pulvere
Servas avitam corde fimplici fidem.
Ypris quid Hippo diftet, Afer Belgico.
An pugnet Auguftinus, ignoras libens.
Cur ergò inanis Te cupido gloriæ
Frui beatâ prohibet ignorantiâ?
Nempe eruditæ factionis affecla,
Et ipfe docti confequi famam cupis.
PORTUM celebras REGIUM: ARNALDI fidem,
Et perferendis pro Deo laboribus,
Martyribus æquam prædicas conftantiam:
Ejus triumphos, hofte devicto, canis.
At hæc tibi dolebit affentatio.
Nam quot creavit & creat moleftias
Fatale Carmen effe quod nolles tuum?
Dum fraudulentis fallere putas artibus,
Incautus ipfe Te tuo laqueo implicas.
Ais, negas, fateris, excufas fcelus,
Mox dicta revocas, & novis mendacia
Cumulare prima non pudet mendaciis.
Sic Verfipellis mobilique Proteo
Mobilior, omnem quamlibet formam induas,
Fruftrà es: fuo mus captus indicio perit.
Hinc afper ille rifus, & amari fales,
Urbifque de Te, SANTOLI, Comædia:
Ceffare quæ fi difcupis, file & fape.

C   In

IN EUNDEM

EPIGRAMMA.

ERgo & tuis nos ufque ludendos putas
    Mufæ dicacis artibus?
Et imminentem, fraudis & doli artifex,
    Speras procellam avertere?
Interpretaris Carmen impium: at novas
    Nil quærere ambages juvat.
Quam gloriaris nunc vafer palinodiam
    Vitaffe, fi fapis, cane.

COMMIRIUS.

AD AMICUM M***

ANONYMUM,

fed ftylo notum, & nimis linguacem,

SANTOLIUS VICTORINUS.

QUis furor, ô docti Vates, pars magna duelli,
    Armavit rabidas in mea fata manus?
Nafcentes Pax lapfa polo fedaverat iras;
    In nova me, certus vincere, bella vocas.
Me calamo perimis, ridefque, & clade fuperbus
    Ceû victor fpoliis, dum flet amicus, ovas,
Magnanimus filvas poftquam leo terruit omnes,

Non

Non furit in teneram, cæde cruentus, ovem.
Hæc tibi deerat adhuc victoria; non satis hostes
 Sternere; sternendus dulcis amicus erat.
Quot plausus proná aure bibis, dum me malè perdis,
 Dum tua fama meo crescit ab opprobrio.
Tu nimis effrænem suades compescere linguam;
 Et tua tincta meo sanguine dextra madet.
Exacuis nova tela, atro tingisque veneno,
 In me haud invalidâ tela vibranda manu.
Non sic prædæ inhians venator, & horridus armis
 Insequitur pavidam, dum fugit illa, feram.
Tartareis credam fabricata incudibus arma,
 Arma nefanda, quibus me cecidisse canis.
Dumque meus sacris recoquit fornacibus Hymnos
 Alto corde sedens Relligionis Amor;
Ecce venis vultu metuendus, & asper iambis.
 Te tremerent Thraces, te tremerentque Getæ.
Me mordes, me dilaceras, scindisque, trahisque,
 Ceû leo lambit adhuc vellera cæde satur.
Me madidum vino balatrones inter amicos
 Ludicris Mimum pingis imaginibus.
Palmarem * me dicis inepto scommate vatem:
 Palmam cedo, tibi sit rapuisse nefas.
Me pannosum, inopem, cantas vilemque poëtam,
 Regia quem jam jam munera deficient.
Non ita te cecinit mea Musa, tuosque sodales,
 Non adeò vilis quos super astra tuli.
An pretium hoc vestro præconi? hæc debita merces?
 Hæc audire: meum est, laus aliena, scelus.
Quem tua tela petunt, nescis, vatum optime, nescis:
 His telis Superos, meque, Deumque petis.
Ecquis honor posthac, quæ gloria surget ab Hymnis?
 Per te SANTOLIUS fabula plebis erit.
Incipiunt mugire cavo sub fornice templa,

C 2

Can-

* *Du Soufflet de Chantilly.*

Cantibus heu ! nuper templa sonora meis.
Flent Superi, flet Relligio, flet & optima Virtus,
   Aligeri pennis ora pudica tegunt.
Infensus gemit omnis & indignatur Olympus;
   Solus at in tantâ clade superbus ovas.
Per te rupta poli jam sunt commercia terris,
   Spreta pias spernent Numina surda preces.
Es tanti tu causa mali, qui nuper amicus
   Antiquæ fidei pignora certa dabas.
An sic prodit Amor, Pietas an fallit amicos !
   O Amor ! ô Pietas ! vos quis in hoste putet !
Hoc lentus punire oculis Deus aspicit æquis,
   Jam jam in sacrilegum detonet ira caput.
Pro Musis Furiæ tædis ardentibus omnes
   Cedente Archiloco, dent scelerata loqui.
Quin potiùs senio gelidos immissa per artûs
   Igniculos mentis pigra retundat hyems.
Diræ omnes teneant mordacem forcipe linguam ;
   Arida torpescat, lædere nata, manus.
Sed quid stulta loquor, quæ me effera torquet Erynnis?
   Desipimus. Læsi Numinis ultor ades.
Frustrà conquerimur ; tibi plaudimus, hostis amice,
   Illa est criminibus debita pœna mei.
Dum me plectis, amas; Divos ulcisceris omnes,
   Agnosco medicam, te feriente, manum.
Quàm pretiosa mihi tua sunt hæc verbera linguæ !
   Implacata diù quàm pretiosa odia !
I, perge, exhaustum nec adhuc consume furorem.
   Sic lustrata Deo victima grata cadam.
Si quid labis inest tu doctus plectere, purga,
   Emendata igni pura metalla fluunt.
Hoc titulo mihi charus eris, mihi semper amicus,
   Ultorem supples, ante-venisque Deum.
Frustrà conquerimur ; tibi plaudimus, hostis amice,
   Illa est criminibus debita pœna meis.

Nam

Nam quis ego ? ut penetrem vivis impervia regna,
    Ausus sidereas ire, redire domos.
Non fas mortali se se miscere beatis,
    Si nondum exuerit membra caduca, choris,
Nec canere Heroas, quos vexit ad æthera virtus,
    Si mea sint dictis dissona facta meis.
Quàm meliùs factis imitari heroïca facta
    Nos deceat; Divos sic celebrare juvat.
Frigida laus Superis, præco si frigidus aures
    Molliculis tantùm mulceat ille sonis.
Dum scribo, occurris veniâ donandus, Amice,
    Irruo in amplexus, hostis amice, tuos.
Hâc veniâ tibi, Christe, lito : Patri ipse litabas,
    Dum veniam orabat fusus ab hoste cruor.
Ah ! potiùs pereant vates, & carmina vatum,
    Quàm pereat sancto pectore divus Amor.
Ergo veni, Lex sancta jubet, mihi charus ab ipsa
    Perfidiâ, hôc titulo sis meliore meus.
Quot cecini Proceres, quos purpura sanguinis ornat,
    Hoc docuêre, fidem, dum tibi parco, probo.

AD SANTOLIUM

Miserabiles Elegos decantantem,

ÏAMBI.

Quid indecoris nos fatigas questibus ?
    O parce tandem, SANTOLI,
Senem Poëtam, qui tuum turpi procax
    Frænavit os LINGUARIO,
Senem malignum parce vanis fletibus

Te-

Tenellus ulcisci ut puer.
Quin tu remordes hunc canem, qui morsibus
　　Te non lacessitus petit?
Quin hunc viarum nota per divortia,
　　Molossus ut non degener,
Per & patentes aure sublatâ domos
　　Agis paventem? Non vides,
Formidolosus ut fugam turpem parat?
　　Ut aure demissâ tremens
Subjectat alvo debilem caudam metu?
　　O parce tandem, SANTOLI,
Laboriosis non virilem versibus
　　Iners querelam texere.
Quin tu protervo perstrepis terram pede?
　　Quin astra tangis vertice
Superbus alto? Te recantatis bonus
　　Absolvit ARNALDUS probris.
Ambit MOLINA, prensat, allicit, preces
　　Non audiendas accinit.
Te torvus ille, te timendus artifex
　　Epistolarum, jam timet
Agno vicissim mitior JUVENCIUS.
　　Nunc ille quàm reddi velit
Auro redemptas largiore litteras,
　　Quas felle tinctas livido
Dictabat audax, cùm gravi pressam jugo
　　Frontem timebas tollere!
Quàm vellet ille scripta nunc retexere!
　　Tu, si quid in SANTOLIO
Inest virilis roboris, temnes preces
　　Usque obseratis auribus,
Cautusque centum clavibus posthac premes
　　Legenda quæ passim dabas.

Æger

ÆGER ET MEDICUS

FABULA.

ÆGer jacebat foſſus alto vulnere,
Nec ſpes ſalutis tunc erat miſero ſuper.
Medicus profundum vulnus explorat manu:
Nil inde ſperans, auſpicatus nil boni,
Simulat, ſuâque fretus arte blandiens
Solatur ægrum; ſana dicit omnia;
Levem eſſe plagam, non colore livido
Pallere carnes; ante non multos dies
Fiet cicatrix, vulnus & jamjam coit.
Hæc fraudulenter; ne ſuo pejor malo
Agat furentem ſtulta deſperatio.
Dum ſævit intus ulceris cœcus dolor,
Promiſſa Medici, ſpes & inter ſplendidas,
Eheu! dolore victus expirat miſer.
Quis blandientis exprobret Medici ſcelus?

LETTRES

DE

M. DE SANTEUL

A

M. ARNAULD,

Avec deux Billets de M. ARNAULD, à M. de SANTEUL.

BILLET

Ecrit de la main de M. de Santeul à la tête de l'Exemplaire de ses Hymnes qu'il envoyoit en 1685 à M. Arnauld.

AU vrai Défenseur de la Verité, pour qui je fais des vœux tous les jours de ma vie. Je lui demande pardon d'avoir oſé louer les Saints, puiſque ma vie n'a été nullement conforme à leurs vertus. Louer les Saints, c'eſt les imiter : & il falloit m'en tenir là. La vanité de faire de belles Hymnes l'a emporté ſur la pieté, & le ſtile Poëtique a triomphé de la ſimplicité duë à ces

ſor-

fortes d'ouvrages. Priez Dieu pour le mifé-
rable pecheur

DE SANTEUL.

LETTRE
DE M. DE SANTEUL,
A M. ARNAULD,

*En luy envoyant un Exemplaire de fes Poëfies
en 1694.*

De St. Victor 18 May.

VOus étant dévoué comme je fuis, je
vous envoye un Livre nouveau dont
l'Imprimeur s'eft rendu maître par diverfes
Copies, qui fe font échappées de mes mains.
Après avoir fait les Hymnes de quelques
Breviaires, & celles qui font dans le Breviaire de Cluny, je ne pouvois me refou-
dre à faire imprimer des Fables & des Chan-
fons, qui ne font attendues que fur le Par-
naffe, azile de toute erreur :

*Non patent Apollini
Sacrata Chrifto pectora.*

difoit S. Paulin à Aufone. J'ai été obligé

C 5

de

de retoucher toutes ces Poësies qu'on alloit fagotter sans mon aveu.

Vous verrez les follies de ma jeunesse. Vous y verrez des sujets plus serieux, à mesure que mon âge croissoit.

Vous vous y verrez vous-même page 418. Vous y verrez ce que vous avez cité autrefois pour la louange veritable & solide du Roi : REGEM INTER, &c. page 400. Enfin vous y verrez tout l'esprit, mais bien davantage le cœur de

Votre très-humble & très-inviolable Serviteur,

DE SANTEUL *Chan. R. de S. Victor.*

LETTRE

DE MONSIEUR ARNAULD, A M. DE SANTEUL.

Du 9. Juin 1694.

MONSIEUR,

J'ai hesité quelque tems si je vous devois faire un remerciment en forme pour le présent que vous m'avez fait de la nouvelle édition de vos Vers sur des matieres

pro-

profanes ; parce que j'ai apprehendé qu'elle
ne fût une tacite renonciation à la resolu-
tion que vous aviez prise de n'en plus faire
que pour chanter les louanges de Dieu &
de ses Saints. C'est à vous à sonder le fond
de votre cœur, pour sçavoir si vous étes
dans les sentimens qu'un serviteur de Dieu *,
pour qui vous aviez de la veneration, vous
avoit inspirés : car sans cela que vous ser-
viroit de proposer aux autres les veritez
chrétiennes dans les plus beaux Vers du
monde, si vous-même ne les pratiquez pas ?
Je prie donc Dieu, Monsieur, qu'il vous
en donne le desir & l'effet. Je suis très-sincerement Votre très-obeïssant Serviteur.

* *M. le Tourneux.*

REPONSE
DE M. DE SANTEUL,

A la Lettre précédente.

De S. Victor ce 19 Juin 1694.

J'Arrive ici de Port-Roial, & en entrant
on m'a donné votre Lettre. J'ai marché
sur les Tombes de vos meilleurs amis & des

miens, qui m'enseignent plus de leurs Tombeaux, que toute la Troupe des J...... dans leurs Chaires.

Je vous avoue qu'à chaque ligne de votre Lettre je rougissois, soit par les verités que vous me disiez, soit par la reflexion, que j'ai prévu en vous donnant mon Livre, qu'il m'attireroit un tel compliment. J'avois toujours resisté de vous faire ce présent, dont M. Nicole m'a congratulé & M. du Fossé. Je n'ai donné cet ouvrage au public que parce qu'il alloit être imprimé à Lion sans ma participation, & on l'auroit fagotté d'une étrange maniere.

Je reçois cependant vos belles & chrétiennes remontrances, &c.

M. le Tourneux m'a mille fois sollicité à ramasser mes Ouvrages dispersés, & il les apprenoit par cœur, (car il n'y a rien contre les bonnes mœurs) & je n'y ai jamais consenti, ne voulant pas monter sur le Parnasse après en avoir descendu pour monter sur le Calvaire : *Et hæc nescis.* Vous êtes mon Maître & mon Juge, & je veux croire que c'est Dieu même qui parle par votre bouche. Vous avez raison de dire que je ne pratique pas ce que j'écris des Saints. Je ne suis pas celui dont je dis, & que l'Eglise chante : (les saints Moines)

Illi

Illi tota fuit gloria, despici :
Illi divitia, pauperiem pati :
Illi sola voluptas
Longo supplicio mori.

Il me falloit une Lettre comme la vôtre pour m'humilier & rabattre l'orgœuil des flatteurs. Je vous en rends mille graces. Brulez le Livre, & que le feu purifie ce qu'il y a de fabuleux. Dieu augmente vos années pour le bien de l'Eglise.

***

SECONDE REPONSE

DE MONSIEUR DE SANTEUL, A M. ARNAULD.

Le 30. Juin 1694.

MONSIEUR,

Permettez-moi de retracter la réponse que je vous ai faite trop brusquement. J'étois si accoutumé à recevoir des louanges de mes Poësies que vous appellez profanes, que j'ai eu peine à digerer la pieuse & sage remontrance contenue dans votre Lettre. Mais après avoir fait quelque reflexion,

flexion, j'ai reconnu que votre scrupule
n'étoit pas mal fondé. Tous les Poëtes font
éperdûment amoureux de leurs productions,
& l'on ne fait gueres de jugemens temerai-
res, quand on les accufe de vaine gloire. Je
n'ai donc que des graces à vous rendre pour
votre pieté qui s'eft allarmée à mon fujet.
C'eft ainfi qu'un Pape écrivit à un Archevêque de Vienne en Dauphiné, qui pré-
féra aux faintes fonctions de fa charge Pa-
ftorale la lecture des Poëtes anciens, bien
different de faint Auguftin qui faifoit fes
chaftes delices de l'Ecriture fainte. S. Paulin rompit tout commerce avec Aufone fon
maître, comme il le dit :

Non patent Apollini
Sacrata Chrifto pectora.

C'eft cette même charité qui vous a in-
fpiré de me faire une fi belle Lettre, & fi
pleine d'inftructions. Vous avez apprehendé qu'une tacite renonciation à la promeffe
faite à un ami, pour qui j'avois de la veneration, n'eût corrompu mon cœur &
violé ma promeffe. Non, Monfieur, cef-
fez de craindre, je fuis defcendu du Par-
naffe pour n'y jamais remonter. Les fermens
des Poëtes fe rompent ordinairement comme ceux des amans ; mais il n'en fera pas
ainfi

ainſi d'un Chrétien qui aime Dieu & ſon Egliſe. Si vous euſſiez daigné jetter les yeux ſur ma Préface, peut-être votre ſcrupule auroit été levé : vous euſſiez vû que j'ai été forcé à revoir des ouvrages que j'avois condamné à un oubli éternel, depuis que l'Egliſe a bien voulu adopter des Hymnes que le même ami * m'avoit inſpiré de faire, & que je n'ai entrepris que parce qu'il me conduiſoit la main & par ſa ſcience & par ſa vertu : car qui ſuis-je pour louer les Saints ? Les imiter, c'eſt leur plus beau panegyrique. Ces ouvrages étoient il y a long-tems dans les mains de l'Univerſité par feuilles volantes & par morceaux ; on les avoit livrées aux Imprimeurs de Lyon à mon inſceu. J'avois beau décrier mes vers, & les appeller des vers adulterins des verités chrétiennes ; on les croyoit legitimes dans le pays Latin , & le Paganiſme les reconnoiſſoit avec autant de plaiſir , que la vraye Religion les regardoir avec horreur. Ils alloient ſans ordre, ſans reviſion, être compilés & rendus publics. Mais je les revendiquai à la premiere nouvelle, ſoit pour ſupprimer ce qui pouvoit bleſſer les oreilles chaſtes , ſoit pour y châtier un ſtile trop diffus & trop fleuri, ſoit enfin pour y ajoûter des beautés qu'un âge plus meur, & que

la

---

* *M. le Tourneux.*

la piété me dictoit. Je devins un second
pere de mes Poësies, je les rendis suppor-
tables aux yeux des ennemis de la fabuleuse
antiquité, & assez pures pour plaire à ceux
qui l'aiment encore. Ce sont des dépouilles
de la vaine superstition, dont les chrétiens
ne doivent jamais se revétir, & encore
moins s'en glorifier.

Voilà, Monsieur, mes sentimens sur l'é-
dition de mon Livre que vous blâmez ; les
argumens ne sont pas si profanes que vous
croiez. Si votre modestie ne vous cachoit à
vous-même, vous vous y verriez sous le nom
d'un fameux Docteur, qui est le boulevart
de l'Eglise, vous y verriez l'Epigramme pour
le Roi que vous avez honorée de votre cita-
tion. Mon amour propre voudroit ici me
défendre par l'Exemple de Sidonius Apol-
linaris : tout saint qu'il étoit, il fit revi-
vre tout le Paganisme dans ses Vers. Saint
Gregoire de Nazianze, le Pape Damaze,
Jerôme Vida Evêque d'Albe, Urbain VIII.
le Cardinal Sadolet, le Cardinal Bembus
n'ont point cru offenser leurs caracteres par
ce genre d'écrits.

Je croirois volontiers que celui qui m'a
inspiré de vous envoier mon Livre, vous a
aussi inspiré de m'écrire ; je lui en sçai bon
gré. A la verité je savois que c'étoit une
viande

viande trop legere pour un homme nour-
ri de la lecture solide des saints Peres, &
ma Poësie toute honteuse n'osoit paroître
devant vous, couverte des haillons de l'antiquité superstitieuse ; j'apprehendois un
pareil jugement que vous en avez fait. Tout
ce que j'ay fait n'est qu'un amusement qui
a usé mon feu de jeunesse. Ces Vers me
tenoient lieu d'occupation, je les regardois
comme les Moines d'Egypte regardoient
leurs corbeilles d'osier, qu'ils brûloient après
les avoir faites.

Au reste je ne puis trop vous remercier
de votre charité. Vous me souhaitez le desir d'imiter les Saints, avec l'effet. Helas je
me sens bien éloigné de ces divins origi-
naux, de ces vases d'élection que la grace
remplit, & qui les a fait Saints. Nous pen-
sons toujours mieux de la vertu que nous
ne la pratiquons. Toutes les strophes de
mes Hymnes m'accusent, & les vains ap-
plaudissemens des hommes font bien con-
trebalancés par les remors de ma conscience
devant Dieu.

Illis tota fuit gloria despici,
Illis divitiæ, pauperiem pati,
Illis tota voluptas
Longo supplicio mori.

Voilà

Voila ma condamnation écrite de ma main, & l'éloge achevé de nos cheres Sœurs de Port-Royal, & des Moines de la Trape. Je reviens de ces saints lieux, j'ai couché dans la chambre qui porte encore votre nom. J'ai vu, j'ai admiré ces victimes mourantes, qui n'ont de la voix que pour benir Dieu & prier pour ceux qui ne les aiment point. Leur nombre diminue de jour en jour aux yeux des hommes, mais il augmente aux yeux de Dieu les Citoiens de la sainte Patrie. Je le prie qu'il leur donne une sainte posterité, qui dans ce tems ici est presque desesperée; mais Cisteaux le fut ainsi, quand une colonie conduite par saint Bernard le repeupla: & cette sterile fut plus feconde, que la plus florissante maison de Dieu. Qu'il vous conserve pour la défense de son Eglise, & qu'il grave dans mon cœur efficacement ce que j'ai écrit, peut-être par amour propre & trop legerement sur le papier. Je suis, Monsieur, de tout mon cœur & très-sincerement votre très-humble & très-obeïssant Serviteur.

S. V.

S E-

SECONDE LETTRE

DE MONSIEUR ARNAULD, A M. DE SANTEUL.

MONSIEUR,

J'ai peur que ce que je vous ay écrit pour vous remercier de votre présent, ne vous ait fait de la peine, n'aiant pas bien pris ma pensée; car je vous assure que j'ai autant d'estime que vos autres amis des Poësies que vous venez de donner au public: & puisque vous n'avez pû empêcher que les Libraires ne les imprimassent à votre insceu & sans votre participation, je ne trouve point mauvais que vous les aiez prévenu. Je suis de plus persuadé que la maison sainte d'où vous reveniez, quand vous avez reçu ma Lettre, a tout sujet de vous compter entre ses meilleurs amis. Ce n'a donc été que la charité que Dieu m'a donné pour vous, qui m'a porté à vous faire souvenir des bons avis que vous a donné autrefois le serviteur de Dieu * que vous aviez trouvé bon qui vous parlât en ami veritablement Chrétien :

&

* *Monsieur le Tourneux.*

& je ne doute point que vous ne soiez encore dans le même sentiment, & que vous n'aiez encore de la veneration pour sa memoire. Ainsi je me promets que si je vous ay contristé, ce n'aura été que pour un moment, & que ce vous sera un sujet de m'en aimer davantage, de ce que vous aurez trouvé quelque chose dans ma liberté de semblable, & qui aura rapport à celle que Dieu vous avoit fait respecter dans une autre.

A V I S.

L'O D E qui suit n'est point de *M. de Santeul,* & on croira sans peine qu'elle n'est pas non plus d'un *Jesuite.* Mais ces bons Peres y ont donné lieu en faisant retrancher du Livre de *M. Perrault* le Portrait & l'Eloge de *M. Arnauld.* On a ajouté les quatre Vers fait pour le portrait de *M. Arnauld* par *M. de Santeul,* qui les cite lui-même dans ses deux Lettres à cet illustre Docteur, ci-dessus p. 58. & 64.

A R-

ARNALDI IMAGO,

ARNALDE, noſtris jam nimiùm diu,
(Ignoſce Vati) carminibus cares ;
    Cui tota vix par ſit ſacrarum
    Gloria quantalibet Sororum.

Tuam futuris doctus Imaginem
Seclis habendam ſculpſerat artifex,
    Illuſtrium lecto Virorum
    Grande choro decus addituram.

Tanti laboris non minor æmulus
Haud indecoros miſcuerat gravis
    Scriptor colores ; maximarum
    Parva tamen monimenta laudûm.

Juſtos honores livor at impotens
Obliviosâ nocte premi jubet.
    Hinc noſtra qualicumque niſu
    Effigiem tibi Muſa reddit.

Quan-

Quanquam ad remotos versibus inclitum
Nomen nepotes mittere quid juvat?
    Vivace pennâ æternitatem
    Tu melius tibi vindicasti.

Unam exarantem mille volumina
Hæc testis ætas obstupuit manum;
    Vix tot triumphatos ab uno
    Posteritas bene credat hostes.

Debere fassa est Relligio tibi
Perempta doctis multa laboribus
    Portenta, quæ vel priscus error,
    Vel novitas malè sana finxit.

Sed & repressit plura tui metus
Conata luci se dare; quæ suis
    Caput tenebris reddidere,
    Et medio periere partu.

Per te vetustis lux data seculis:
Asserta per te dogmatibus fides:
    Per te severis disciplina
    Moribus intemerata mansit.

Sed ista laudis jam quota pars tuæ?
Pro vindicato Numine, Te manet
    Sors dura, Te longi Viarum,
    Exiliique manent labores.

Opes, amicos, & patrium solum;
Dulcique vitâ quod preciosius,
    Famam relinquis: Veritatem
    Mille per aspera non relinquis.

Namque

Namque è latebris nescia vox tua
Latere, Vero militat : excipit
   Divina quam plausu secundo
    Relligio, sibique hanc adoptat.

Hinc illa victrix, vindicibus suis
Fatalis olim Gratia; quam crepant
   Tot scripta Pauli, quam loquuntur
    Tot veterum monimenta Patrum,

Jam nominari nil metuens, scholas
Sacrosque coetus personat : hinc tuis
   Triumphat AUGUSTINUS armis,
    Arma tibi sua dum ministrat.

Tibi inter Aulæ Romuleæ Patres
Decebat ostrô crescere gloriam :
   Nî purpurâ sit majus omni
    Purpureum meruisse honorem.

Mortale supra te genus extulit
Diversa virtus. Una tamen, tuas
   Laudes tot inter, blanda morum
    Simplicitas supereminebat.

Ferax triumphis usque recentibus
Mansit superbi mens tibi nescia
   Fastûs; & immota invidorum
    Horribiles toleravit iras.

Sed cùm poposcit te stimulos amor
Veri tuendi, victor aculeos
   Duro, at salubri felle tinctos
    Exeruit stilus in rebelles.

Onustum & annis & meritis tamen
Maturior te vis rapit : Ah novos
   Quis alter errorum architectos
    Jam paribus malè perdet armis?

                        Cœlo

Cœlo receptum te nihil opprimet.
Non regnat istîc invidia, aut furor.
    Sed scripta, sed famam hîc, sed ossa
    Et cineres violare tentat.

Frustrà. Sepultum publica vox magis
Magisque luget. Non timidus caput
    En tollit Orator, Poëta,
    Quidquid Apollineæque turbæ est.

Quin & remotis finibus abditos
Videre manes jam videor tuos
    Sedes ad optatas reduci,
    Pars ubi cara tui reposta est.

Illic recepto vindice libera
Tandem sepulcrum Relligio extruet,
    Coletque, quas ærumna fecit
    Relliquias preciosiores.

Byfantium sic exilio gravi,
Tristique functum funere Præsulem *
    Cervice regali revexit
    In patriam pius Imperator.
            Kal. Jan. an. 1697.

* *S. Joannes Chrisost.*

Vers de M. de Santeul pour le Portrait de
M. Arnauld.

PEr quem Relligio stetit inconcussa, fidesque
  Magnanima, & Pietas, & constans regula Veri,
Contemplare Virum, se totam agnoscit in Illo,
Rugis pulchra suis, Patrum rediviva Vetustas.

FINIS.

www.ingramcontent.com/pod-product-compliance
Ingram Content Group UK Ltd.
Pitfield, Milton Keynes, MK11 3LW, UK
UKHW020954140726
13695UKWH00003B/1400